現代短歌ホメロス叢書 PART I ―― 4

雅風子

Gafushi

歌集

砂時計

飯塚書店

砂時計・目次

装幀　㈱ポイントライン

砂時計

雅風子　歌集

街

うすずみの雲

二十棟のシート次々外されて窓に青空はめられてゆく

食卓のワイングラスに茜さしモデルハウスは今日も留守なり

指先の会話飛び交ふローカル線の窓にひろがる落日の音

白ばらの丘の英国領事館二階の窓は海に開かる

縹色の光が町を包むころ荷台の軽きバイクが走る

始発電車は朝焼けを窓にはめこみてわが家の前を軽々と過ぐ

朝光が欅の梢を下りて来る厳かなりと思ふひととき

膨れつつ揺れつつ昇る太陽にしばし溶け出す街の稜線

太陽は庭木をしばし金に染め昇りつつ影を積もらせてをり

朝空を連なりて飛ぶ伝書鳩　分散和音は渦巻きて消ゆ

糠雨を溜めて花芽はふくらめりコートのボタンひとつ外そう

ふかぶかと霧の衣を被きたる欅に海は始まりてをり

かすかにも杏の花芽揃ひたり裸木に春の気を噴くごとし

朝毎に風和らぎてカタバミもハコベも地《つち》を起つ気配あり

あたたかき一日は昏れて風出でぬ夜具一枚を迷ふ三月

音もなく辛夷の花が開きたり風寒き空に春を呼ぶ白

ほのぼのと霧湧き昇る山襞に辛夷咲くらむ光のごとく

日の当たる空地に萌ゆるイヌフグリひとつ開きて野を満たしゆく

タンポポの固き蕾にふはと落つ杏は花の姿を保ち

地に触れず黄蝶の翅に舞ひ上がる杏花びら白き蝶なり

＊

通過する電車も入れて撮れといふ子の上に輝る満開の杏

空深く解き放たれて耀ける花の行方を問ふ声がする

町に棲む狸の一家子が増えて日がな遊べる桜の土手に

厳かに身を反したる錦鯉花の筏の一瞬の乱

ダンプカーの土と運ばれ来たる草の緑よここを故里とせよ

ゆうらりと陽をさへぎれるわが影はすみれの上なるうすずみの雲

ほろほろと光を砕く雪柳のふところ暗し猫が微睡む

蜘蛛の巣を払ひて蝶を朝空へ逃がしてやりぬ　今朝の屈託

春の田の蛇を咥へて発つ鳥フロントガラスを掠めて空へ

ママ友の個人情報降り積もる砂場・ブランコ・花びらの上に

光りつつ空を流るるちぎれ雲春のベンチを影も流るる

蜘蛛の巣の絡み合ふ糸まだ細く金雀枝の花ひとひらを捕ふ

金雀枝の黄をひとかかへ剪りし朝痛みのごとくその黄こぼるる

前のめりに川は光を追ひかける岸くらぐらと葉桜のころ

見定めて高枝鋏開く時若葉が隠す杏の青実を
うら若き葉むらに潜む杏の実ひとつを見たり風動く時
とき色の杏葉陰にひとつありと告ぐる間もなく風にさらはる

緑陰に黒条揚羽蝶《くろすじあげは》生れしより杏静かに実を太らせる

眠たげな小鳥の声す五月雨に樵は天与の大いなる傘

図書館の日時計にわが影を置き失はれゆく時を見てをり

風の舟

烏二羽翼ゆたかに雨を打ち相聞の声大屋根を越ゆ

道端に誰何するごと立ち止まる柴犬の眸に遭ひてしまへり

柴犬の子が野に遊ぶカレンダーに赤で書き込む旅の約束

花開く音をか聞かむ紫陽花の根方に猫は眼閉じたり

紫陽花の色に紛るる夕闇を流れ来たりぬ子を叱る声

風さへも朱に染めつつ沈む陽に潤みて遠し友を呼ぶ声

駅前に塀巡らせる一区画しばらくは空のポケットとして

空気読みもの言はぬ人の打つ会話宙に放たる　新星成るや

七夕はいつも雨なり短冊のためなき糸を固く結びぬ

水底の光を踏めば胸高くただひたすらに波はふくらむ

一粒の雨にフーガは始まりて朝の町を閉ざす雷鳴

先触れの雨に若葉はざわめきて蝶を放てり遠雷の空へ

*

金色の光の中へ泳ぎ入るこの身ひとつを思ひのままに

水紋の耀き映すガラス屋根昼の銀河を分けつつ泳ぐ

雪山の切手貼らるる夏便り夢を語りし友より届く

みかん色の側灯闇に弧を描くゆるやかに川を渡る橋なり

駐車場の轍の間の草の葉に空蟬鮮らし細き声がす

突然に空押し上ぐる蟬時雨初めの一声聞き逃したり

開発に桜の土手は削られて深き根張りを夏日に曝す

余熱ある日傘をたたみビルに入るバッグの中の街の喧騒

台風に薙ぎ倒されし金雀枝の十年分を心に咲かす

畝の土白き畑を跳ぶ烏子がまつはれば濁声を上ぐ

電線に取り残されし子烏を呼ぶ声低し雨になるらし

落雷がかき消す津波注意報チリの地震に日本が目覚む

ひっそりと夏が佇む宮ケ瀬の橋の下ゆく風の舟あり

光の網

背泳の腕は秋日を汲み上げてまた汲み上げて蝶を遊ばす

胸先に幾重もの波を押し分けてもの思ひつつ水中歩行す

泳ぐ手のリズムに生るる短歌《うた》ひとつ水の間《あはひ》にことばはこぼれ

さざ波が光の網を紡ぐゆゑ水面に波を継ぎつつ進む

数珠玉の匂ひかすかな新学期工作かかへて子が走り去る

小春日の土に杏の種乾き命を繋ぐ静けさがある

菜園を去り難く飛ぶ白き蝶いづれに春の生命預けし

芋畑に陽は和らぎてゆつたりと羽広げ飛ぶ烏を映す

樹々の葉がちらほら落つる日だまりにひまはり淡き色に咲き出づ

やはらかき棘持つ莟も「ひまはり」と呼ばれむ朝を俯きて待つ

息つめてゐたりし菊が雨上がりの垣に莟を染めて秋来ぬ

菊垣に開き初めたるはなびらの長きひとつに招かれてゆく

*

垣の木瓜夕やけ色にふはり咲く故郷の新米届きたる日に

積雲の高き夕空輝きて稲田はふいに雀を放つ

色も香も残れる菊を刈りをれば老いたる猫が尾を立てて過ぐ

つやつやの団栗転げ葉に沈む朽ちてゆくべし孤独な冬を

日当たりにまどろむ猫を誘ふか落葉に転《まろ》ぶ団栗ひとつ

団栗を拾ふ二歳の指先は落葉溜りの陽射しを揺らす

白き葉が散るとも見えてカハラヒハ桜紅葉を躱しつつ飛ぶ

ベンチごとの猫の眠りを陽は包み柿の葉ふはり猫の背に散る

老木の桜紅葉が吹き上がる声にぎやかに雀となりて

沿線の黄ばむ狗尾草を分け風走るとき時雨が匂ふ

庭先に山茶花咲かせ待つといふ喪中の友の町暮れ易し

菜園に人集まりて冬構へ爆ぜる火音の時折高し

ほのぼのと木瓜返り咲く夕垣に夫の鋏のはたと止みたり

暮れ残る白き小菊の花陰に捨て猫二匹の鳴き声止まず

軒伝ふ子猫の声が細々と耳に届けば灯を消せず

テレビ録画に今年の紅葉見尽くさむ遠き信濃の風思ひつつ

窓際の席

生傷の未だ乾かぬ野猫二世振り向き様に牙を見せたり

日だまりに戦闘態勢ととのへて風の音にも耳立つる猫

西向きのいつもの窓にゐる猫の尾のひと振りに始まる日暮れ

夜を待つ町の灯のたよりなさ角を曲がりて猫が振り向く

冬庭のつつじの枝を出入りするトカゲは細きナイフの光

客人は賀状のうすき束となり留守のポストに待ち続けたり

松明けの空を一瞬かげらせて輸送機戻る厚木基地まで

一面の茜を出でて白鷺は刈田に首を刺すごとく来る

ほのぼのと夕やけ広がる冬空にほのぼの白き月上りたり

冬畑を移る夕照つぎはぎのトタンの納屋にしばし留まる

テーブルにコーヒー二つ窓際の席は光に包まれてゐる

介護すと故郷《くに》に帰りし友からの電話は雪の深さを告げぬ

冬空に欅の梢が書く手紙時折雲が盗み読みする

神々の太々と高き哄笑か畑一面に輝る霜柱

常夜灯に明明と降る粉雪よ鉄路の闇をどこまでも走れ

夜もすがら降りし雪なる天の手紙庭木に屋根に束ねてありぬ

雪晴れて真青き空の果てもなく人語すべてが吸ひ込まれゆく

咲きかけて雪に遭ひたる木瓜の枝起ちて莟が雪を染めたり

雪が雨に変はりて止みし町の夜はほつこり温し歩調も緩む

厳寒の空を占めたる黒き富士の峯の白雪月光に映ゆ

夢

組立体操

わが呼吸《いき》と幼児の呼吸合ひ始む夜具のふくらみ温まるころ

「君の家はここ」と日本を指させば地球儀の海児の手をあふる

立春の部屋にころがる豆一粒鬼追ひし児の声が聴こゆる

木洩れ日を追ふ幼児は花かげに光りつつ消ゆ声透らせて

花の名は聞き分けがたし児の唇《くち》をあふるることばほがらほがらに

海風に髪なびかせて砂あそび児は総身に光をこぼす

一歳の夏の産毛はアルバムに家族床屋の写真と収む

なぜと問ふ三歳の視線外し得ずごまかしはすでに見抜かれてゐて

うつすらと露湿る窓に浮き出づる「こ」の字は拭かず子が来む日まで

銀色の雨に回らぬ水車忘れたる子の夢に回らむ

諦めしもの思はしむる花びらを追はむとすらし子は空までも

青砂の一分計を飽きもせずリセットする児に未来は問はず

留守電の幼子の声懸命にわれを呼びをり　繰り返し聞く

延長保育に忍び泣く子を叱る母の「みな同じ」とは寂しき言葉

四歳が作る「おはなし」の主人公われ大鳥に追わるる役なり

手を添へて「こうきげんき」と書かせたる短冊ひらり光紀四歳

＊

盛り上がり船べり叩く最上川にごる早瀬に河童呼ぶ子よ

川を下る花笠音頭の声も伸び早瀬に河童の手拍子そろふ

手に余る鋏を掲げ葡萄穫る子に葉洩れ日が映る山形

かぶと虫の雄の右脚動かずと日に幾度も少年は見る

飼育箱の朽ち木に潜むかぶと虫　明日は死なむと子の声低し

スタートは一斉ならず遅れたる友の手を取り走る子もあり

園児らのいつもの遊びのかけつこもゴールまで来て本気を出しぬ

次々に組み立て組立体操変化して友を支へる少年も笑む

友の肩に足掛けて組むベイブリッジを夕映え渡る　喝采止まず

オリオンを探して回す星座表少年の手に季節が移る

大好きな「あさぎり」の旅を描きくれし少年の背はわが胸に届く

絵に添へし名前は「こうき」太陽に負けないほどの文字の大きさ

御殿場線のホームに桜を見し夢の五歳の声は半音高し

子守歌

北風の甲板伝ふ声ふたつ今日の息子は恋をしてゐる

子育ての終りの一枚末の子が身重の妻に添ひ立つを撮る

一枚の葉に包まれてチューリップのつぼみは深きみどりの眠り

わが腕に揺られ恵佑泣くまいぞ果てなきこの世の朝にてあれば

古きよりうたひ継がるる子守歌節も言葉も哀しと思ふ

子守歌は「月の砂漠」とうたひ出す砂丘を照らす光とならむ

所々歌詞を忘れてハミングす「月の砂漠」はさびしく長し

幼子の夢に聞かせる子守歌熟寝《うまゐ》の重き頭を支へつつ

文字多き絵本を与へ読めずとも耳に見よとて読み聞かせをり

音の出る絵本のＳＬ呼び出して子は部屋内に山河を展く

亡き人の面影探し抱く赤子血縁といふ哀しきものを

血縁はあごのラインにあるらしもこの子の笑顔いつでも丸い

夕やけを見せむと登る跨線橋せまる電車は夕映えまとふ

晴天に機影を探す子の顔は音の行方へ正しく動く

一歳の子が青き花を踏まぬやう一、二歩ゆきては転ぶその上

水を踏む靴音残し幼子は光に溶けつつ駆けて行きたり

麦わらの帽子飛ばして子が追へば若き自転車はるかで止まる

＊

泣きしきる十七か月の子を抱かぬ保母を憎みぬ登園初日

両腕に涙と声を抱きしめてひたすら嫁の帰宅待ちをり

雷も鬼も嫌ひな子を叱る雷も鬼も出で来ぬ言葉で

ジョパンニが母と語れるページのみセロハンテープの重ね貼り光る

自転車も犬も怖しと駆け戻る子を抱き上げて頭を下げてをり

幼きが犬にひるみてわれを呼ぶ声に許さむ第一反抗期

叱られて泣く弟を背にかばふ二歳の怒れる肩を抱きしむ

画用紙を青一色に染めてゆく佑太の海は白波高し

両腕にしかと抱へる虎二頭その一頭を土産とくれたり

胴長き虎の人形子の腕を飛び出づる時サバンナ匂ふ

三人の視線の真中に声挙げて右の笑窪を凹ませる理子

妹の名を晴れ晴れと杜に告ぐ二人の兄は声を揃へて

さつき色の掛け着まとひて宮参りこの子の未来を守り給へと

成人の理子に振袖着せたくも卒寿の腕に帯は重からむ

いと小さき君の海馬に収はれてわれは会ふたび見知らぬ人か

問ひたげに目のつやつやと向きたれば大人の言葉に答へてやりぬ

何ごとか伝へむとする児とわれの会話は未だ異国語同士

ビニール傘

父と子が煙草ふかして立つ位置は孫が割り込むほどを保てり

初空に凧あげの糸ひきしぼる父と子の影一つとなれり

金髪を染め直したる子に並ぶやさしき人を妻にせむとふ

恋人を紹介したる息子の目わが目と合ひて和らぎにけり

作業ごとにポストの出来映え見せる夫が板の古傷しかじかと言ふ

バンドエイドの手に児の背丈計りつつ椅子作る夫に木洩れ日移る

墨を磨る夫の右腕ロボットのごとく動きて昭和が匂ふ

青銅の文鎮置きて筆を下ろす夫の手も和紙も朝光の中

手作りの「とし」の落款捺して成る「龍」の一文字初節句なり

黙々と爪切る息子は広き背に見知らぬ者の影を纏はす

分別の埒を出でずに言ひつのれば捨つと一言我が産みし子は

親殺すことに比べて宥さむとコーヒー二つ盆に載せにき

傘立てに埃だらけのビニール傘子の青春を束ね置くなり

わが知らぬ悪さもしきと笑ひ合ふ三人息子は少年のまま

学生服の裏に真赤な生地つけて粋がりもしきと告白されぬ

白詰草の草生に遊ぶ孫の未来いかなる告白その母にすらむ

旅

風の村

きれぎれの記憶のごとしトンネルの間に風の光る村あり

トンネルとトンネル繋ぐホームありて箱根の山はつくづく深し

穂すすきの三国峠の風の道いづれも空へ輝きて消ゆ

山間のバス停ごとに郵袋を預け預かる声も日暮るる

黒玉子を剝く手の風花消さむとか硫黄の湯気が子を包みたり

誰も彼も玉子を剝くに余念なし吐息静かに噴泉を払ふ

地下深く猛き炎を眠らせて北半球はしんしんと雪

鳴沢の樹型は落葉に埋もれつつ幾重の闇を支えむ今も

溶岩が包み焼きける樹型跡わが立つ地面はその梢あたりか

湧き上がる地底の声か入りゆけば洞《うろ》より洩るる木々のざわめき

奥深き樹々の根方の樹型跡　くらぐらと炎《ひ》の記憶を持てり

鳴沢の溶岩樹型の森暗み落葉ひそかに我ありと告ぐ

砲弾の音に声呑む少年と「戦争」を語る富士あざみライン

空渡る音三度聞けど須走の桜吹雪の明るさが好き

地平線に含羞の色ふくらみて富士の斜面を下るどよめき

綿雲は暁の夢映しつつ湖上を低く漂ひ始む

八月の富士の火口の霜を踏み空を摑まむ剣ケ峯にて

溶岩に涙のごとき氷柱秘めある朝富士は夏を逝かしむ

＊

絵はがきにひらがな二行したためて富士五合目のポストに落とす

落葉松の林の細き金の雨静かに静かに心を濡らす

鯨雲富士を目指して群れ来たり波頭のごとき夕光分けて

はるか来て富士に砕ける鯨雲呼び合ふ声かわれに谺す

連山を乗り越えてくる霧の底で村は静かに薪を割るらむ

駅いくつ乗りすごしたるか暖かき床を移りて蝶も乗客

風の鳴る野に単線の軌道ありて草二分けに音がふくらむ

単線の下り電車を待つしばし野面に雨の音沁みわたる

しんしんと草打つ雨の影のみが帰路の小さき駅を包めり

笛鳴りてホームを出づる上り列車の窓に縋れる細き雨脚

「あさぎり」の旅の終りの夕雨の音にじむ席に子は眠りたり

銀紙を広ぐるごとき暁に風生れて闇を開かむとせり

もみぢ葉が風に乱舞し光るとき声も華やぐ天下一茶屋

マイカーに紅葉のバス停占拠されバスがバックで峠を下る

風の手に揉まれ解かるるもみぢ葉に従きて下らむ御坂峠を

ハイウェイを共に行く雲薄絹の翼に深く月を抱ける

雪深き御坂路は死者が招くらし雑木々の雪の音も恐ろし

旧道は雪折れの下に荒るるまま深き眠りに入りてゆくらし

風すごき雪の峠に一切の時間を止める天下一トンネル

暗雲の切れ間に覗く茜雲うするる間なくまた雪となる

栗毛の馬

北横岳《きたよこ》の斑雪に濡れて青空へ上りゆく道こけももが萌ゆ

片照りの松の梢に揺れてゐる日暮れのブランコ樺の葉を乗せ

見の限りすすきほほける低山に風ひきしぼり日は傾きぬ

列車の窓一つ分なる村落の四囲は山なり早や暮れにけり

雄鹿一頭路肩に立ちて十頭が渡りきるまで動かずゐたり

黙々と夜更けの道を渡りゆく群に数頭小鹿がまぢる

ヘッドライトに一瞬ひるむキツネの眼かき消えし後冬森さわぐ

寝ころびて牧場の空を搔き寄する若駒の脚の栗毛が光る

雪の牧に靴潜らせつつ引き抜きつつ行けば駿馬も柵に寄り来る

身じろぎもせず耳立つる引馬は蹄に雪を積もらせて佇つ

クリスマスソングに合はせ首を振る馬の鼻息轡を鳴らす

野辺山の天文台に降る雪は宇宙《そら》より配達さるる言の葉

万片の銀河の便り降らさむか天文台に一夜をかけて

碓氷の春

廃線の十八年目に見る峠碓氷の春は黙して深し

灌木の赤き尖り芽機関車の影を支へて時節《とき》を待ちをり

三歳の「はっしゃ」の声は高らかに峠の空を進みゆくべし

廃線に凝れる時を動かして響く子の声風になりたり

野晒しの機関車動き出ださむか光に紛れて遊ぶ子を乗せ

風を生む子の声ふたつ谺してほろろほろほろ桜がひらく

横川の風か汽笛か展示場に機関車が発つ気配満ちたり

アプト式の小さきカムも陽に動き錆びたるレールに風を走らす

長野まで夜行で五時間若き日の旅は心を洗ひくれにき

山国の下り列車は陽炎となりて記憶のトンネルに入る

スーツケースに挫折も夢も詰めこみて夜更け峠を越えしと思ふ

横川の「おぎのや本店」木の床は磨きこまれて老女が礼す

廃線を隠す薄の丈高く風化してゆく若き日の旅

読点のごとき雲行く碓井嶺に古き日記の続きを書かむ

龍となり岩峯つかむはなれ雲朱き火を吐き夕空を占む

山紫陽花

谷沿ひにひさし寄せ合ふ村の朝　日当たる辻に辛夷ほころぶ

ランドセルの高鳴りを待つ校庭に四月初めの雪が降るなり

追分に残る旅籠の軒暗し黄の信号が小雪にともる

ふるさとの流れをかくす雪の嵩三尺ほどが春を眠らす

サイドミラーに志賀の山々映しつつ雪きしませて帰路につきたり

薄雪の田の面に沈む鳥の影　一声ありて夕暮れは来ぬ

夕焼けがしんと広がる妙高の新雪深き道ここに果つ

カーナビの地図は南北自在なり西への道は太陽に訊く

四年ぶりの諏訪の御神渡り雪晴れてにはかガイドが我にもの言ふ

湖を横一線に尖る氷《ひ》は昨夜渡りたる神の道なり

氷上を渡る風音いかならむ神のマントが翻る夜は

湖に樹木の芽吹き映しつつ陽ははろばろと移り行くなり

ボンネットに地図を広ぐる分岐点霧が流るる方へか行かむ

枯れ初むる山紫陽花の幾曲り谷間に遠く千曲川光《て》る

雪三度木島平に降りてのち田畑は一夜に雪化粧すと

あけび細工の蛙二匹をねんごろに父の遺作と包みくれたり

夏の岬

銀色の夜明けの沖に細き波たぷりと生れて海を織り成す

象牙色の光の橋を越えてゆく船の喫水いづれも深し

御前崎の展望風呂はガラス窓隔てて一気に海へとつづく

右肩に藁はみ出せる海亀も聴くらむ砂丘を越ゆる波音

遠州灘の砂丘を海へ駆け下る少年は今生れし亀の子

太平洋の水平線は見の限り丸し我が住む惑星の果て

少年はガリレオの顔を沖に向け見るらし水の果てなる宙《そら》を

波寄らば逃げてもいいかと声を張る少年は灘の西風に佇ち

打ち寄する波の間合ひを計りつつ逃げ出す姿勢の子の肩固し

浜近き寿司屋の皿にエビ、サザエ、海藻並べて子が創る海

大いなる城のかたちの雲緩みたてがみ燃ゆる竜が出でたり

砂浜の子の足跡を運び去る大波の手が畳む夕焼け

夕潮が護岸ななめに走り抜け海亀岩の咆哮止まず

産卵の砂浜目指す海亀を照らして淡し霧夜の灯光

北限の故郷へ来るアカウミガメの時の標と飛ぶ赤とんぼ

拾ひたる石を土産とくるる子の手のぬくもりに潮の香がたつ

月光に崩さるる時音もせず　夏の岬に拾ひし石は

シャベルには昨日の浜辺の砂乾き子と公園に海亀を呼ぶ

*

町中の源泉十五基噴き上げて汗しとどなり真夜を眠れず

満ち潮を反す力に熱川は河口を出でて湯気を解きたり

初島の荒磯に蟹と戯れし児は父となりその子三歳

釣り人の投げたる魚をくはへたる猫を追ふ猫まつしぐらなり

耳を立て魚の尾びれを嚙み砕く幼き猫に野生を見たり

飛魚の身のほの朱き活造り相模の海に向きて鰭張る

夏の日の大島航路に飽かず見き飛魚の群光りつつ飛ぶを

果てもなく海と響りあふ大空の風の道ゆく鯨一頭

母の海の嵐を知るや海亀は人と慣れつつ満月を見る

*

波の秀が波を呑みつつ舷側に砕けて県道二二三《ふじさん》は成る　（2013年）

崖沿ひの海の岩にも名のありて観音岩でエンジンは止む

波の斧岬の崖に振り上げて荒磯に敗れ海に戻りぬ

波は波の背を駆け上りわらわらと海を走りて海より出でず

「水平線の向かうはなあに」「やっぱ海」少年の声も海面に揺れて

限りなき海の続きの夕空の靄深々と太陽を抱く

雲を透く夕日に海の襞ふるへかすかに朱き光を映す

褐色の手漉き和紙のごとき海面に引かるる夕陽の最後の一筆

峠路の木立に透ける海境をのりこえてくる光の微塵

桟橋の赤色灯が点滅す雨の入江に人待つごとく

藍色の海

魚野川に沿ふ家の窓炎《も》えたちて朝陽は今し雪嶺を越ゆ

嫋々と泣く浜あれば狂乱の浜もありて長し雪の日本海

浮桟橋を揺さぶりて波は猛り狂ふ翡翠・群青色溶け合ひて

伸びあがり秀を巻き込みて雪を食ふ鈍色の海目路の果てまで

灰色の牙研ぐ北の荒海に雪のナイフがわらわらと降る

日本海の雪の刃は波に呑まれ海となりつつまた雪を呑む

もろともに砕けて返る波と雪　雪は海底をついに見ず消ゆ

北陸の波を突き刺す雪を見しのちの白馬は雪しんしんと

船盛りの鮃、寒鰤、帆立貝　今朝の水揚げほのぼの光る

風荒ぶ能生の港の若い衆鼻歌まぢりに烏賊つるしゆく

「親知らず子知らず」の崖を波は打ち我と息子と寡黙に佇てり

海に立つ崖の斑雪は枯れ草を摑みつつ凍む「親知らず」あはれ

北陸の海の藍色越えられぬ水域として輝き増せり

遊歩道に子と打ち合へる雪つぶて遠きいたみを背に受けてをり

鳥獣の小さき足跡深々と飛驒山脈の雪果つる崖に

雪原の足跡サクと崩れたり幻の鳥今発ちたるや

新雪を踏みしけものの足跡に命の重さしらしらと見ゆ

エアライン

夕焼けの津軽海峡凪ぎわたる今し「はつかり」轟き行かむ

流氷はかかる様かと見渡せば大小の川に大地裂かるる

谷内六郎の切り絵のごとき川に透くもうひとつの空夕焼けてをり

夕映えを海に溶かして陽が沈む墨ひといろに起伏消しつつ

海境に広がる白き闇空間今宵の死者が運ばれゆくらし

夕海を呑まむ勢ひの雄物川暮るる大地を杯として

地を裂きて海へ逃るる金色の蛇よ急げ闇が這ひ寄る

八甲田山の残雪の峰かすかなりけものを闇に眠らせをらむ

鳥海山月山の峰並み立ちて夕焼けの海に闇を吐きゐる

海岸線に囲ひこまるる日本の手のひらほどの都市に灯ともる

想

補助線

二十人の鉛筆と紙の音低し机間巡視の吾を呼ぶ声も

白墨をカシュカシュ鳴らし板書する　児童の視線わが手に集め

去年まではにかみてゐし子は高く手を挙げてわが点呼に応ふ

来春は中学生と告ぐる子の髪つやつやと昨年より伸びて

己が意志持ちてもの言ふ六年生清しき文字に作文は成る

伝へたき思ひを聞かむしぼり出す君のことばにあふるる思ひを

「書くことがない」と言ふ子に負けさうで赤鉛筆を握りしめたり

あらすじを懸命に書く六年生　感想文はまだ始まらない

中吊りの入試問題揺れ止まず補助線一本引けとばかりに

パソコンの底浚ふごとし消えかかる記憶の復元出来ずともよし

マンモスを仕留めし夜の火の色か火星は今宵満月に添ふ

オリオンの星の一つが消ゆるらし生きてこの世に神の死を見む

星ひとつ死したる後も存在をかけて輝く無辺の闇に

夕光は山の上なる七時過ぎ祭り太鼓の一打ち響く

昇りつめひらく花火の散り際に音始まりぬ闇を引き寄せ

歳月の彼方のすすき光るごと花火の白煙たち昇りゆく

歓声に散る大花火　用水路に映る銀河のひそやかなこと

消えかかる花火のかけらは火の声をあげて私をまつすぐに訪ふ

紫陽花の残像空になぞりつつ線香花火が微かに爆ぜる

一枚の夜空の向かう　わが知らぬ銀河を渡れ天の磐船

浅瀬

正月の墓地に語らひ酌み交はす新世紀を待たず逝きし母たちと

頑迷と詰る息子に向き合ひつわれも幾度母を泣かせき

線香を持ちゆく人とすれ違ふたびに会釈す見知らぬ死者へ

紫陽花にそぼ降る雨は母の声墓石に傘をさしかけて聴く

母在らばいかにすらむと思ふこと声に出だして問ふこと増えぬ

われよりも若き遺影に戻り給ふ母の声せり火を消す刹那

しんばり棒になさむと笑ひし母の杖傘に紛れて十三回忌

一斉に墓地を出でたる蟬たちが鳴く寺山に妹も待つ

盂蘭盆の読経に唱和する蟬のひとときは高き声は母かと

母のゐる墓地の坂道古井戸の釣瓶に秋の木洩れ日を汲む

蜩も鳴き始めたりいざ帰らむ母の墓石の冷えつつあれば

ケイタイの住所録には死者もゐてかの日の声を聞きたきことも

妹の命日近き暁の樹に生れたての蟬の声澄む

たぶんもう乗らぬ電車に忘れしは幾何学模様の妹の傘

振り向かず浅瀬を渡る者たちを見送りて朝の冷えに目覚めぬ

余白

クレヨンの青をくださいい遠き日の絵日記の空あと十日分

樹を離れ水に乗る葉と乗らぬ葉といずれか我は今日誕生日

メモ書きの未完の短歌集め置きノートに写すいづれ捨つべき

吹く風に流るる水に託したる言葉の嘘は知らるるなゆめ

生花店に十年枯れぬ花売られ虚実は重きクリスタルの中

傷つきし人に紛れてわれはあり傷の深さを時に比べつつ

歌書きて捨てて優しさ保たむか或る日一人を壊したき日も

赤と黄のガーベラ十本届きたり母の日は子を遠く思ふ日

言はむとし言ふべき時を計りかね言はず忘るるこの頃多し

『私』とふ未完の書物に余白あらば書き継ぎゆかむ日々の喜び

跋／童心という余白——大辻隆弘

雅風子さんは童心を感じさせる女性である。

童心、といってもこどもっぽさのことではない。歌会に登場する作者はいつも和服を召している。その姿は凛として美しい。大人の女性である。

童心というのは、その快活な心のエネルギーのようなものだ。自分の目についたもの、耳に触れたもの、作者の心はいつもそういったものに素早くなびく。そして、眼をくるくるさせてそれらのものを見つめるのである。その姿は純粋で無垢で伸びやかだ。

この歌集の第一章「街」の冒頭の連作「うすずみの雲」には、そのような歌人・雅風子の風貌を感じさせる歌がいくつか登場する。たとえば次の一首がそうである。

始発電車は朝焼けを窓にはめこみてわが家の前を軽々と過ぐ

始発電車が通り過ぎる。電車の内は暗い。その電車の窓に朝焼けの紅の光が映る。それを作者は「朝焼けを窓にはめ込む」と表現している。まるで額縁にはめ込まれた絵のように朝焼けを見る。そこに無垢な子どものような視線を感じる。

ふかぶかと霧の衣を被きたる欅に海ははじまりてをり

この歌もそうだ。欅のこまかな枝が数限りなく宙に広がる。そこに海からの霧が纏わりつく。この欅に纏わりつくこの霧は海から流れていると認識した瞬間、ここが海の終極点であり、出発点なのだと感じる。その発想が、なんとも若々しく健康的だ。

前のめりに川は光を追ひかける岸ぐらぐらと葉桜のころ

川は流れるのではない。自分の輝きを追いかけるのだ。しかも前のめりになって急いで。作者はありふれた川の流れをそんな風に、動的なものとしてとらえる。葉桜の緑を静かに両岸に置きながら、川の流れは勇みこんでいる。作者の目は、川の流れにさえもそんな生き生きとした動性を感じとるのである。

この歌集の冒頭の連作「うすずみの雲」には、これ以外にも雅風子という歌人の基本的なものの見方・外界の捉え方を提示した歌が多く登場してくる。

朝光が欅の梢を下りて来る厳かなりと思ふひととき
ほのぼのと霧湧き昇る山襞に辛夷咲くらむ光のごとく
ゆうらりと陽をさへぎれるわが影はすみれの上なるうすずみの雲
光りつつ空を流るるちぎれ雲春のベンチを影も流るる

梢の間を昇る朝の陽、山襞を昇る霧、花の咲く地面を侵す自分の影、ベンチの上を流れる雲の影。これらの歌にもすべて森羅万象の生き生きとした動きが捉えられている。作者は身の回りのものを生き生きとした動きのなかでとらえ、それを歌にする。『砂時計』の巻頭に据えられたこの連作を見て、読者はまずもって、子どものように動くものに心を奪われる純粋な作者像を感じとるに違いない。

このような作者の童心は、幼い子ども（お孫さんだろうか）との交流を描いた第Ⅱ章「夢」においても発揮されてゆく。

「君の家はここ」と日本を指させば地球儀の海児の手をあふる
飼育箱の朽ち木に潜むかぶと虫　明日は死なむと子の声低し

所々歌詞を忘れてハミングす「月の砂漠」はさびしく長し

地球儀の海を覆いつくそうとする小さな手。かぶと虫の命を見つめる子のまなざし。「月の砂漠」のメロディーの茫漠とした寂しさ。作者はこれらの歌で、幼児との交流を歌いながら、むしろ幼児の視点に立って物事を感じとっている感がある。作者の心の無垢さがそのまま子への共感となって歌の世界が形づくられている。

その一方で、母としての作者の視線はやや冷めている。

もくもくと爪切る息子は広き背に見知らぬものの影を纏はす

傘立てに埃だらけのビニール傘子の青春を束ね置くなり

自分の手を離れ、独りの男性として目の前に立つ息子。その背中を黙って見つめるしかない母の心境。息子が使ったビニール傘の束に埃がつもる。それを束ねながら子育ての終わった実感をかみ締める母の姿。これらの歌には幼い子に向ける共感とは別の感情が流れていて印象ぶかい。これらの歌が陰影となることによって、作者の感受性の純粋さが歌集のなかで際立ってくるのだと思う。

歌集後半の「旅」「想」の章にも引くべき秀歌は多い。

溶岩の包み焼きける樹型跡わが立つ地面は梢あたりか
廃線を隠す薄の丈高く風化してゆく若き日の旅
薄雪の田の面に沈む鳥の影　一声ありて夕暮れは来ぬ
傷つきし人に紛れてわれはあり傷の深さを時に比べつつ

このような歌には、さすがに加齢のもたらす落ち着いた観照がある。一冊の冒頭にあった快活な無垢さはやや抑制されて大人の女性の感受が前面に押し出されている。

褐色の手漉き和紙のごとき海面に引かるる夕陽の最後の一筆
振り向かず浅瀬を渡る者たちを見送りて朝の冷えに目覚めぬ

こういった大胆な比喩や抽象的な暗喩を使った歌も面白い。歌集一冊を通して読むと雅風子という歌人が多面的な個性を持った歌人であるということが、ゆっくりと見えてくるに違いない。

以上、雑駁ではあるが『砂時計』一冊を読み通して感じたことを記してみた。私はやや多くを語りすぎたかもしれない。この一冊を手にされる方は、それぞれの視点から雅風子の魅力を感じ取られるに違いない。

『私』とふ未完の書物に余白あらば書き継ぎゆかむ日々の喜び

掉尾の一首に示された未完の書物の「余白」とは、この歌集を読むことによって、むしろ読者の心のなかに湧き上がってくるものかもしれない、とも思う。

あとがき

思いがけず、飯塚書店シリーズ「現代短歌ホメロス叢書」へのご推挙を頂き、第三歌集『砂時計』を世に出すことになりました。十五年分の落葉を掘り返して掬い上げた三八三首を、人事に関するもの以外は作成年次に縛られず纏めました。人の生死の他に穏やかな年月を区切るものがあるとすれば、それは自然の大きなうねりだけだと思うからです。そこで、春夏秋冬の流れを阻害しない程度に各章を構成しました。

先の『風道』『われを風とし光とし』は本名渡辺雅子で上梓しましたが、本集は「未来」の選者大辻隆弘先生をはじめ、夏韻集の友人が励まし育てて下さった名前を大切にしたいと思い、結社で長年使っている筆名に改めました。

余白の人生の悲喜こもごもが、未知の読者の心にどのように届くかは知るべくもありませんが、この中の一首にでも共感していただけたら本望です。短歌に迷ったある時期、このことを私に自覚させてくれた一首があります。

人はたれも城を抱くとぞ夕潮に石垣濡れて沈みゆく城　（『汀暮抄』大辻隆弘著）

この歌に「時を超えて人間の真実を問う力」を感じた私は、真摯に歌と向き合っていけば、やがてこの「力」の片鱗でも手に入れられるかもしれないと思ったのです。初めて良き師に出会ったと思いました。私の残り時間はどんどん短くなっていきますが、この思いは変わりません。

大変お忙しいにも関わらず解説の執筆をご快諾下さいました大辻隆弘先生に、いつも本気で私と向き合って下さる夏韻集の皆さまに、衷心より厚く御礼申し上げます。また、この一冊は、日本短歌協会理事依田仁美氏と飯塚書店社長飯塚行男氏の、温かなご尽力に依って生まれました。まことに有難うございました。古希を迎えてまた齢を重ねながら、家族と共に生きる日々を、真摯に静かに綴っていこうと思います。

雅風子

雅風子（がふうし）　本名 渡辺雅子

一九四六年 東京生まれ
一九六八年 國學院大学文学部日本文学科卒業
大学卒業後、新聞社、出版社勤務の傍ら書籍校正をし、結婚後は在宅にて学参書執筆、辞書執筆、研究書校正、高校生の論作文添削指導などをする。
ＮＨＫ学園短歌大会・日本歌人クラブなどで、大会大賞・選者賞など受賞。
海老名市「えびな・いちご文学賞」第一次選考委員。
歌集『風道』（短歌研究社）『われを風とし光とし』（文芸社）
未来短歌会・日本短歌協会・日本歌人クラブ・多摩歌話会に所属。

現代短歌ホメロス叢書

歌集『砂時計』

平成二十八年四月二十五日　第一刷発行

著　者　雅風子

発行者　飯塚　行男
発行所　株式会社 飯塚書店
http://izbooks.co.jp
〒一一二-〇〇〇二
東京都文京区小石川五-一六-四
☎ 〇三（三八一五）三八〇五
FAX 〇三（三八一五）三八一〇

印刷・製本　株式会社　恵友社

ISBN978-4-7522-1204-1